한 번은 詩처럼 살아야 한다

한 번은 詩처럼 살아야 한다

초판 1쇄 발행 2021년 8월 18일
초판 3쇄 발행 2025년 1월 3일

지은이 양광모
펴낸이 김선기
펴낸곳 (주)푸른길
출판등록 1996년 4월 12일 제16-1292호
주소 (08377) 서울시 구로구 디지털로 33길 48 대륭포스트타워 7차 1008호
전화 02-523-2907, 6942-9570~2
팩스 02-523-2951
이메일 purungilbook@naver.com
홈페이지 www.purungil.co.kr

ISBN 978-89-6291-910-3 03810

한 번은 詩처럼 살아야 한다

양·광·모·시·집

푸른길

시인의 말

십 년 전 시집을 보냈는데 그간의 시집살이가 너무 험해 늘 안쓰럽고 죄스러운 마음이었다. 다행히 좋은 인연을 새로 맺어 시를 좋아하는 모든 사람에게 다시 한 번 시집을 보낸다. 부디 이번에는 사랑과 축복만 받으며 꽃처럼, 별처럼 살아가기를. 이따금 어떻게 사는 게 詩처럼 사는 것인가라는 질문을 받곤 한다. 이 시집에 그 답을 적어 놓았다. 우리, 한 번은 詩처럼 살자!

차례

I.   푸르른 날엔 푸르게 살고 흐린 날엔 힘껏 산다

II.   내가 한 송이 꽃이라면

III.   내가 사랑을 비처럼 해야 한다면

IV. 나는 노래한다

I.

푸르른 날엔 푸르게 살고

흐린 날엔 힘껏 산다

한 번은 詩처럼 살아야 한다

누구라도
한때는 시인이었나니
오늘 살아가는 일 아득하여도
그대 꽃의 노래 다시 부르라

누구라도
일평생 시인으로 살 순 없지만
한 번은 詩처럼 살아야 한다
한 번은 詩인 양 살아야 한다

그대 불의 노래 다시 부르라
그대 얼음의 노래 다시 부르라

인생 예찬

살아 있어 좋구나
오늘도 가슴이 뛴다

가난이야 오랜 벗이요
슬픔이야 한때의 손님이라

푸르른 날엔 푸르게 살고
흐린 날엔 힘껏 산다

멈추지 마라

비가 와도
가야 할 곳이 있는
새는 하늘을 날고

눈이 쌓여도
가야 할 곳이 있는
사슴은 산을 오른다

길이 멀어도
가야 할 곳이 있는
달팽이는 걸음을 멈추지 않고

길이 막혀도
가야 할 곳이 있는
연어는 물결을 거슬러 오른다

인생이란 작은 배
그대 가야 할 곳이 있다면
태풍 불어도 거친 바다로 나아가라

아직은 살아가야 할 이유가 더 많다

아직은 살아가야 할 이유가 더 많다

아직은 포기할 수 없는 꿈이

아직은 가슴 뛰는 아침이

아직은 노래 부르고 싶은 밤이

아직은 사랑해야 할 사람이 더 많다

살아 있다는 것은

살아가야 할 이유가 있는 것

살아간다는 것은

살아가야 할 이유를 완성하는 것

아직은 떠나야 할 여행이

아직은 잊고 싶지 않은 추억이

아직은 다시 만나고 싶은 사람이

아직은 미워할 수 없는 것들이 더 많다*

*정진규 「몸시 • 24-고향에 가서」

무료

따뜻한 햇볕 무료
시원한 바람 무료

아침 일출 무료
저녁 노을 무료

붉은 장미 무료
흰 눈 무료

어머니 사랑 무료
아이들 웃음 무료

무얼 더 바래
욕심 없는 삶 무료

웃으며 가라

사는 게
왜 이리 힘드나
탓하지 말게

죽으러 가는
길이니
힘들 수밖에

죽기도
참 힘들군
그냥 웃어 버리시게

살짝 말해 주네만
사는 게 사는 게
아니라네

희망

한 줌 한 줌
빛을 퍼뜨리며

조금씩 천천히
절망을 헤쳐 내는 것이다

밤을 이기는 것은
낮이 아니라 새벽이요

어둠을 이겨 내는 것은
한낮의 태양이 아니라 새벽 여명이다

심장이 두근거린다면 살아 있는 것이다

눈물이 핑 돈다면
살아 있는 것이다

코끝이 찡하다면
살아 있는 것이다

가슴이 뻥 뚫린 것 같다면
살아 있는 것이다

어깨를 활짝 펼 수 있다면
살아갈 수 있는 것이다

주먹을 불끈 쥘 수 있다면
살아갈 수 있는 것이다

두 발을 성큼 내딛을 수 있다면
살아갈 수 있는 것이다

보아라!

슬픔을 이겨 내기 위해서도

두 배의 낱말이 필요하지 않느냐

삶의 희망 또한 두 배의 절망쯤은

거뜬히 이겨 내어야

진흙 속에서도 연꽃처럼 피어나느니

심장이 두근거린다면

살아 있는 것이다

심장이 두근두근거려야

한세상 뜨겁게 살아갈 수 있는 것이다

슬픔이 강물처럼 흐를 때

슬픔이 강물처럼 흐를 때
차라리 나는 깊은 강이 되리

슬픔이 파도처럼 밀려올 때
차라리 나는 넓은 바다가 되리

슬픔이 절벽처럼 찔러 올 때
차라리 나는 높은 산이 되리

그러면 끄떡없지
그러면 아무 일 없지

슬픔이 아무리 큰들
내 생보다야 더 크겠나

입술 지그시 깨물고
꿀꺽 목 넘겨 그 슬픔 삼키리

그러면 끄떡없지
그러면 아무 일 없지

눈물 흘려도 돼

비 좀 맞으면 어때
햇볕에 옷 말리면 되지

길 가다 넘어지면 좀 어때
다시 일어나 걸어가면 되지

사랑했던 사람 떠나면 좀 어때
가슴 좀 아프면 되지

살아가는 일이 슬프면 좀 어때
눈물 좀 흘리면 되지

눈물 좀 흘리면 어때
어차피 울며 태어났잖아

기쁠 때는 좀 활짝 웃어
슬플 때는 좀 실컷 울어

누가 뭐라 하면 좀 어때
누가 뭐라 해도 내 인생이잖아

꽃이 그늘을 아파하랴

꽃이
그늘을
아파하랴

나무가
그늘을
두려워하랴

내 영혼의 그늘
서러울 것
없어라

산도
그늘을 이끌고
살아가거늘

그늘도
그늘과
함께 눕거늘

술잔 마주 놓고

살아가는 일이
시린 날이면

소주잔 두 개
마주 놓고

밤새 너와
가슴 뜨거운 이야기
나눠 보고 싶다

生이여

삶에 지친 날에는

삶에 지친
날에는

어둠 속에
홀로 앉아 있지 말고

계단을 지나
이층으로 올라가라

거기 별이 보이리니
거기 세상이 낮아 보이리니

내 영혼이여

이제야 알았네 그려

그러고 보니
고맙다는 말도
못했네 그려

그러고 보니
미안하다는 말도
못했네 그려

사랑한다 용서한다
함께 해서 행복했다는 말
그러고 보니 못했네 그려

참 바보 같이 살았다는 것을
참 바보 같이 이제야 알았네 그려

인생을 배웁니다

월요일에는 꿈을 배웁니다

화요일에는 희망을 배웁니다

수요일에는 용기를 배웁니다

목요일에는 사랑을 배웁니다

금요일에는 감사를 배웁니다

토요일에는 용서를 배웁니다

일요일에는 부끄러움을 배웁니다

벼가 고개를 숙이는 이유는

겸손하기 때문이 아니라

진정 부끄럽기 때문이라는 것을 배웁니다

매일 인생을 배웁니다

꽃잎이 모여 꽃이 됩니다

꽃잎이 모여 꽃이 됩니다

나무가 모여 숲이 됩니다

햇살이 모여 노을이 됩니다

냇물이 모여 바다가 됩니다

미소가 모여 웃음이 됩니다

기쁨이 모여 행복이 됩니다

두 손이 모여 기도가 됩니다

너와 내가 모여 우리가 됩니다

작은 것이 모여 큰 것이 됩니다

작은 것이 모여 세상을 더 아름답게 만듭니다

인연

길을 걸어가는데
돌이 가로막고 있다면
잠시 그 위에 앉아 쉬었다 가면 되리

마차를 타고 가는데
돌이 가로막고 있다면
마땅히 그 돌을 치우거나 피해 가야 하리

인연이란 이와 같은 것
선연과 악연이 서로 다르지 않으니
돌을 탓하지 말고 나를 돌아봐야 하리

레미제라블

어머니, 한 번만 더 나를 따뜻한 품에 안아주세요 삶은 고통으로 가득하고 신은 정의롭지 않으니 지금 가난한 자의 뺨에는 태양보다 뜨거운 눈물이 흐르고 상처 입은 자의 심장에는 얼음보다 차가운 슬픔이 강물처럼 흐르며 절망으로 신음하는 자의 가슴에는 동굴보다 깊은 어둠이 무겁게 내려앉아 있습니다

운명의 수레바퀴는 어쩌다 길을 잘못 접어들 때를 제외하곤 가난과 질병, 사망과 이별, 두려움과 회한의 가시밭길을 벗어나지 않으니 지금 아기의 탄생을 축하하는 자 얼마나 어리석으며 산 자의 죽음을 슬퍼하는 자 얼마나 부질없는 일인지요 지구라는 이름의 유배지에서 살아가는 동안 오직 한 가지 기뻐할 일이 있다면 그것은 최대한 빨리 이 비참한 별과 작별의 인사를 고하는 일일 것입니다

어머니, 그러함에도 아직 순결한 영혼이 남아 있어 가난한 자는 자신보다 더 가난한 자를 위해 눈물 흘리고 상처 입은 자는 자신보다 더 상처 입은 자를 위해 아파하고 절망으로 신음하는 자는 자신보다 더 큰 절망으로 신음하는 자를 위해 어둠 속을 함께 걸어가니 아비와 어미는 어린 자식을 위해 연인은

사랑하는 사람을 위해 친구는 벗을 위해 가진 것이 없는 자는 자신보다 더 헐벗고 굶주린 자를 위해 혁명가는 민중의 자유를 위해 탐욕과 불의로 더럽혀진 대지를 기꺼이 자신의 피로 깨끗이 씻어 내고 있습니다

어머니, 그러니 한 번만 더 나를 위해 용기의 말을 들려주세요 가난한 사람은 가슴에 소망을 품고 살아가야 한다고 말해 주세요 어떤 고통에 처하더라도 결코 꿈을 포기하지 말아야 한다고 말해 주세요 영원처럼 느껴지는 절망도 언젠가는 끝이 나고 그러면 반드시 희망이 찾아온다고 말해 주세요 상처와 슬픔이 깊을수록 나의 영혼은 더욱 맑아질 거라고 말해 주세요 사랑하거나 사랑받는 것만으로도 세상은 천국보다 아름다운 곳으로 바뀐다고 말해 주세요

어머니, 이제 나도 순결한 약속을 드립니다 재물이 아니라 마음이 가난한 사람의 삶이 더 비참하다는 것을 잊지 않겠습니다 누군가를 위해 두 손 모아 기도하는 것만으로도 삶은 영광스러워진다는 것을 잊지 않겠습니다 당신의 눈물로 내 죄가 씻겼음을 잊지 않겠습니다 당신의 아이로 태어난 것만으로도 내

삶은 이미 큰 축복이라는 것을 잊지 않겠습니다 어머니, 당신
의 이름으로 기도 드리오니 가난한 영혼을 지켜 주소서

아들아, 너는 별이 되어라

아들아, 이제 가슴을 펴라

나도 포기하고 싶을 때가 많았단다

몇 번인가는 도전을 멈춘 적도 있었지

안개 속에 갇혀 있는 것만 같은 때도 있었고

암흑 속에 홀로 버려진 듯한 때도 있었단다

훌쩍 세상을 등지고 싶을 때도 있었고

내일 아침 해가 떠오르지 않기를 바라며

잠자리에 몸을 누이던 밤도 있었지

그리고도 많은 일이 있었단다

오랜 시간 간절하게 품었던 꿈을 끝내 이루지 못한 일

자신 있게 도전했던 일에서 생각지도 못한 실패를 겪은 일

믿었던 사람에게서 깊은 상처를 받은 일

사랑했던 사람들을 먼저 떠나보낸 일

사랑했던 사람을 떠나온 일

때로는 가슴이 먹먹하고

때로는 심장이 터질 것 같은 많은 시간들을 살았지

아들아, 이제 어깨를 펴라

사람들은 인생을 사계절과 같다고 말하지만

어쩌면 인생이란 겨울과 같단다

아름답게 내리는 흰 눈을 바라보며 즐거움에

젖을 수 있는 시간이란 아주 짧은 법이지

인생이란 시간의 대부분은

찬 겨울바람에 몸을 떨며

겹겹이 쌓인 눈을 힘겹게 치우고

오래도록 눈길을 헤치며 걸어가야 하는 일이란다

아들아, 실망하지 말고 고개를 들어 세상을 둘러보아라

지금 어떤 사람은 어린 아이들을 위해 눈사람을 만들고

어떤 사람은 정겨운 벗과의 추억을 위해 눈 뭉치를 만들고

어떤 사람은 사랑하는 연인을 만나기 위해 행복한 표정에 잠겨 달려가지 않느냐

또 어떤 사람은 묵묵히 눈을 치우며 이름 모를 누군가가 걸어갈 길을 만들고 있지 않느냐

산다는 것은 그런 것이다

시린 손으로도 눈 위에 '사랑해'라는 글자를 더욱 깊고 크게 쓰는 일

사랑하는 사람들을 위해 이른 새벽 눈 쌓인 길을 나서는 일

눈사람의 심장을 갖고서도 한겨울을 이겨 내며

눈 사진을 찍듯이 온몸을 던져 자신이 살아온 흔적을 남기는 일이 인생이란다

아들아, 이제 밤하늘을 바라보아라

겨울의 별은 참으로 맑고 깨끗하지 않느냐

인생이란 그 별을 바라보며 살아가는 것이다

눈 쌓여 길 보이지 않아도

차가운 바람 불어와 몸 떨려도

오직 나의 별을 바라보며

오직 나의 기도를 지켜 나가는 것이다

사람들은 인생의 목적을 스타가 되는 것이라 말하겠지만

아니다, 인생의 목적은 별이 되는 것이다

겨울바람에 스치어도 더욱 또렷이 반짝이며

어둠 속에서도 자신의 영혼을 고요히 비추는 별이 되는 것이다

살아가는 동안 가장 아름답고 고귀한 일은

영혼을 포기해서라도 꿈을 지키는 일이 아니라

꿈을 포기해서라도 영혼을 지키는 일이었나니

아들아, 너는 별이 되어라

천년의 세월을 살아도 지지 않을 별이 되어라

천년의 겨울을 살아도 눈보다 빛나는 별이 되어라

어머니, 나는 일몰이 되겠습니다

어머니, 해마다 12월 31일이 되면 나는 아침 일찍 서쪽 바다로 달려갑니다 다행히 하늘이 맑은 날이면 인적 드문 해변에 편안한 자리를 마련해 놓고 한 해의 마지막 해가 검푸른 바다 속으로 사라져 가는 모습을 처음부터 끝까지 바라봅니다

어머니, 어쩌면 그 풍경은 그리도 가슴 설레고 그리운지요 나는 더 이상 해가 솟아오르는 것을 보기 위해 동쪽으로 길을 나서지는 않으렵니다 고단한 삶에 지친 사람들이 일출을 바라볼 때는 꿈, 사랑, 소망, 행복 같은 낱말들이 가난한 마음속에 솟아오르겠지만 12월 31일이면 나는 잠시 일몰을 바라보며 한 생을 묵묵히 세상 위에 내려놓으려는 것입니다

어머니, 걱정일랑 하지 마세요 지난 번 늦은 밤에야 힘겹게 도착한 바다에서는 해맑은 달덩이 하나 불쑥 하늘 위로 솟아오르고 있었답니다 그처럼 내가 일몰이 되려함은 해가 져야 달이 뜨는 일, 달이 져야 해가 뜨는 일과 같은 까닭이며 죽는 날까지 내가 걸어가야 할 길에 붉은 노을 곱게 깔아 두기 위함입니다

어머니, 어쩌면 삶은 이리도 가슴 설레고 그리운지요 해마다

12월 31일이 되면 나는 서쪽 바다로 달려가 일몰이 되겠습니다 그 밤 지나면 깨끗이 씻긴 태양 하나 동쪽 바다 위로 말갛게 솟아오르겠지요 365일쯤 거뜬히 불타오르겠지요 그러면 고단한 삶에 지친 사람들은 저마다 하나의 일출이 되어 하늘 높이 두둥실 떠오를 겝니다

어머니, 나는 일몰이 되겠습니다 어쩌면 삶은 이리도 가슴 설레고 그리운지요

아버지, 깊고 푸른 바다

가슴 속에 겨울바다 서너 개쯤 들어앉은 사람

한때는 해류 되어 세상을 떠돌던 사람

새벽마다 만선의 꿈을 안고 집을 나서던 사람

저녁노을이 져도 쉬이 돌아오지 못하던 사람

눈이 오나 비가 오나 일출을 띄어 올린 사람

하루에도 수십 차례 밀물과 썰물이 드나들던 사람

때로는 등 돌리고 누워 갈매기처럼 끼룩끼룩 울었을 사람

명태, 전복, 조기, 오징어, 망둥이 다 품고 살아온 사람

자신은 포말로 부서지며 물거품처럼 살아온 사람

지금은 개펄 위에 홀로 남겨진 폐선 같은 사람

늘 그의 백사장을 거닐었지만

한 번도 '사랑합니다'라는 글자를 남겨 놓지 못한 사람

아버지,

당신의 깊고 푸른 바다에

오늘도 그리움의 먼동이 밝아 옵니다

그리운 어머니

서러운 날엔
서쪽 바다로 가네

노을이 있고
개펄이 있고
어머니를 다시
만날 수 있는 곳

해질 무렵에야 노을빛
얼굴로 돌아오시던 어머니
이제 막 개펄에서 잡은 꼬막을 넣어
보글보글 된장찌개 맛있게 끓여 주실 테지

나는 세상에서 가장 행복한 아이가 되어
어머니가 차려 주신 저녁 밥상에 다가앉다가
왠지 그만 목이 꽉 메이겠지만

서러운 날엔

서쪽 바다로 가네

아직 걸어가야 할 길 멀지만

그리운 어머니 서쪽 바다 일출되어

내 발길 비춰주는 그 곳으로

우체국으로 가는 길

우체국으로 가는 길은 아름답지

봄이면 꽃잎을 담아

여름이면 나뭇잎을 담아

가을이면 낙엽을 담아

겨울이면 눈송이를 담아

사람들은 우체국으로 가네

아침이면 햇볕을 담아

저녁이면 노을을 담아

밤이면 별빛을 담아

사람들은 우체국으로 가네

우체국으로 가는 길은 아름답지

그곳에는 사랑으로 눈빛이

초롱초롱해진 사람들과

사랑으로 애수에 가득 찬 사람들이 모여

이슬보다 영롱하고 보석보다 빛나는 시를 쓰네

그러면 그 시는 세상으로 나와

봄이면 꽃이 되고

여름이면 녹음이 되고

가을이면 단풍이 되고

겨울이면 첫눈이 되네

그러면 그 시는 그리운 사람에게로 찾아가

아침이면 그의 해가 되고

저녁이면 그의 석양이 되고

밤이면 그의 별이 되네

우체국으로 가는 길은 아름답지

그 길은 내가 너에게로 가는 길

네가 나에게로 오는 길

사람이 사람에게로 나아가는 길이라네

그대여 한 번쯤 시인이 되어 살고 싶거들랑

우체국으로 가는 길

행여 잊어버리질랑 마시게나

꽃을 모아 시를 쓰네

나는 예쁜 꽃들을 모아
시를 쓰네

장미는 주어
백합은 목적어
목련은 형용사
철쭉은 부사
국화는 동사
코스모스는 토씨

그러면 그 시는
꽃시가 되어
사랑하는 사람들의
언약을 위해 바쳐지려니

그 시를 건네는 사람의 손에
향기를 남기고
그 시를 받는 사람의 가슴에
꽃잎을 남기고

그 시를 주고받는 사람의 생에

잊지 못할 추억으로 남으리

당신은 이것을 시적 비유라

생각할 테지만

나는 이것을 인생에 대한 지침이라

말하고 싶네

꽃을 모아

시를 쓰듯이

맑은 마음을 모아

고운 삶을 살아야 한다고

틈

시가 써지지 않거나
생활이 부족한 날은
아무래도 술 생각이 간절해져
군포 갈치저수지를 지나
털보네 슈퍼 뒷마당에 앉아
걸쭉한 막걸리
한 주전자 가득 청해야 한다

두어 잔 쯤 마시다 보면
어쩐지 왼쪽 의자에는
내 얼굴만 빤히 쳐다보며
술과 안주에는 일체 손도 대지 않는
계집 하나 앉아 있는 듯 하고
서너 잔 쯤 마셨다 치면
틀림없이 오른쪽 의자에는
세상에서 가장 맛있다는 듯이
막걸리 한 잔을 쭈욱 들이킨 후
김치 쪼가리 냉큼 집어다 먹으며
손가락 쪽쪽 빨아 대는 계집 있기 마련이고

예닐곱 잔쯤 마셨을 무렵이면

반드시 맞은 편 의자에는

나보다 더 술에 취한

발그레한 표정으로

네까짓, 그까짓, 흥흥흥

대뜸 욕지거리 늘어놓는 계집 있어라

문학은 모르요

예술은 무관하요

철학은 개똥이요

삼삼한 음담패설이나

실컷 주고받다가도

내 잠시 겸연쩍은 생각에

탁자 위에 엎드려 얼굴 숨길 때

문득,

나무와 나무 사이

널판과 널판 사이

갈라진

틈

너머

늘

저편에 존재하고 있던

또 하나의 세상 보여라

바늘구멍을 통과해야만 하는

낙타의 눈빛으로

물끄러미 그 세상 바라볼 적에

이윽고 부끄러운 마음이 생겨나는 것은

저 건너편 세상 때문이 아니요

내 눈에 보이지 않던 세상 뒤편을

한 눈에 꿰뚫어 보게 만들어 주는

벽과 경계의 이면을

고스란히 드러내 보여 주는

틈

그 틈만도 못한

시를 쓰고 있는 것은

아닌지

그 틈보다 좁은

일생을 살고 있는 것은

아닌지

아무래도

시나 생활이 부족한 날은

털보네 슈퍼 뒷마당

탁자 위에 엎드려

넓고 길쭉한

틈

하나 찾아야 한다

그

틈

끝내

건너갈 때까지

중년

생의 가을이지
하여도,

단풍이 땅에
떨어지기까지의
시간은 아니라네

단풍이
땅에 떨어지까지의
몸짓이지

어떤 사람은
뚝 수직으로
낙하하겠지만

어떤 사람은
바람을 타고
푸른 하늘로 날아가네

그를 위해 가으내
온몸 붉게 물들이는
몸짓이지

참, 뜨거운
가을 몸짓이지

장생포의 여자

장생포에 홀로 앉아 있는
저 여자

더는 태울 가슴이 남아 있지
않아설 게다

진혼의 향 곱게 꽂아
기도 올리네

지금쯤 먼 바다에선 고래 한 마리
깊은 잠영 시작할 텐데

곁에 다가서면 고래의 울음소리
들릴 것만 같은 장생포의 여자

손가락 끝으로 붉은 노을만
피워 올리네

우리에게 없는 것들

지갑은 있는데
현금은 없다

통장은 있는데
잔고는 없다

친구는 있는데
우정은 없다

애인은 있는데
사랑은 없다

집은 있는데
이웃은 없다

가족은 있는데
식구는 없다

연락처는 있는데
연락할 사람은 없다

시계는 있는데
시간은 없다

생활은 있는데
사생활은 없다

슬픔은 있는데
눈물은 없다

상처는 있는데
약은 없다

미래는 있는데
꿈은 없다

심장은 있는데
열정은 없다

머리는 있는데
영혼은 없다

나라고 불리는 나는 있는데
나라고 말할 수 있는 나는 없다

그러니 잘 살아야 하는 것이다
죽음은 있는데 삶은 없을지도 모르니

나는 배웠다

나는
몰랐다

인생이라는 나무에는
슬픔도 한 송이 꽃이라는 것을

자유를 얻기 위해 필요한 것은
펄럭이는 날개가 아니라 펄떡이는 심장이라는 것을

진정한 비상이란
대지가 아니라 나를 벗어나는 일이라는 것을

인생에는 창공을 날아오르는 모험보다
절벽을 뛰어내려야 하는 모험이 더 많다는 것을

절망이란 불청객과 같지만
희망이란 초대를 받아야만 찾아오는 손님과 같다는 것을

12월에는 봄을 기다리지 말고
힘껏 겨울을 이겨 내려 애써야 한다는 것을

친구란 어려움에 처했을 때 나를 도와줄 수 있는 사람이 아
니라
어려움에 처했을 때 내가 도와줘야만 하는 사람이라는 것을

누군가를 사랑해도 되는지 알고 싶다면
그와 함께 밤하늘의 별을 바라보면 된다는 것을

어떤 사랑은 이별로 끝나지만
어떤 사랑은 이별 후에야 비로소 시작된다는 것을

시간은 멈출 수 없지만
시계는 잠시 꺼둘 수 있다는 것을

성공이란 종이비행기와 같아
접는 시간보다 날아다니는 시간이 더 짧다는 것을

행복과 불행 사이의 거리는

한 뼘에 불과하다는 것을

삶은

동사가 아니라 감탄사로 살아야 한다는 것을

나는

알았다

인생이란 결국

배움이라는 것을

인생이란 결국

자신의 삶을 뜨겁게 사랑하는 법을 깨우치는 일이라는 것을

인생을 통해

나는 내 삶을 사랑하는 법을 배웠다

묘비명

지금 이곳에 없습니다
오랫동안 혼자 있었더니
사람이 그립군요

잠시 외출 중인데
어쩌면 돌아오지 않을지도
모르겠습니다

살아 있을 때
잘 하세요

Ⅱ.
내가 한 송이 꽃이라면

산

사람들은 말하지
다시 내려올 걸 무엇하러 올라가나

산도 말한다네
다시 내려갈 걸 무엇하러 올라오나

원대리에 가시거든

원대리에 가시거든

푸른 잎과 흰 껍질만이 아니라

백 년의 고요를 보고 올 것

천 년의 침묵을 듣고 올 것

자작나무와 자작나무가

어떻게 한마디의 말도 주고받지 않고

만 년의 고독을 지켜가는지

그대, 원대리에 가시거든

사람의 껍질은 잠시 벗어 두고

이제 막 태어난 자작나무처럼

키 큰 자작나무 아래 앉아

푸른 하늘을 어린 눈빛으로 바라보다 돌아올 것

겨울 원대리

씻을 죄라곤 한 점 없을 삶인데도
겨울 내내 흰 눈으로 온몸을 씻고 있는
자작나무 사이를 거닐며
바람이 불 때마다 쏟아져 내리는
소금 같은 눈사발 몇 됫박 뒤집어쓰고
흰 슬픔으로 검은 영혼을 씻기다 보면
어느새 봄볕보다 따스한
겨울 원대리

눈길

아무리 추운 날에도 얼지 않고
아무리 더운 날에도 녹지 않는다

백 사람이 걸어가도 더럽혀지지 않고
백 년이 지나도 그 모습 변하지 않는다

이 세상 가장 아름답고 깨끗한
사람과 사람 사이의 따뜻한 눈길

눈 내리는 날에나
눈 내리지 않는 날에도
우리 함께 걸어가야 할 길

미움이 비처럼 쏟아질 때

미워하자면
장미에게도 가시가 있고
좋아하자면
선인장에게도 꽃이 있다

우산이 있는 사람은
비를 즐기고
우산이 없는 사람은
비를 원망하네

미움이 비처럼 쏟아지는데
마음을 지킬 우산 하나 없다면
빗속에 뛰어들어 몸을 적시지 말고
비가 멈출 때까지 기다려라

해 뜨고 푸른 날 찾아오면
어제 내린 비가 무슨 의미 있으랴
오직 미워할 일은 그러지 못하는 내 마음뿐

부부를 위한 기도

부끄럽게 하소서
내가 사랑했고
나를 사랑했던 사람에게
지지 않고 이기려 애쓰는 마음을

기뻐하게 하소서
내가 사랑했고
나를 사랑했던 사람의 뜻대로
인생의 크고 작은 일들이 결정되는 것을

용서하게 하소서
용서할 수 있는 것만이 아니라
용서할 수 없는 것까지
참사랑의 힘으로 용서하기를

사랑하게 하소서
지나간 추억이 아니라
살아 있는 고백으로
죽는 날까지 가슴 뛰며 사랑하기를

기도하게 하소서

내가 사랑하고

나를 사랑하는 사람을 위해

매일 아침 맑은 눈물로 기도하기를

사과

사과는
사과 한 알이면 족한 것

말 없이 다가가
사과를 손에 쥐어 주곤

사과를 받아 주어 고맙소,
말하면 그 뿐

그래도 안 된다면?
내가 큰 사과드리리다

어찌 되었든
사과는 몸에 좋은 거라오

11월의 기도

11월에는 무언가
그리운 일이라도 있다는 듯 살 일이다

지나온 여름 다시 돌아갈 수 없고
떠나간 사랑 다시 돌아오지 않는다 해도

11월에는 누군가
사랑할 사람이라도 있다는 듯 살 일이다

사랑은 종종 이별로 지고
단풍은 언제나 낙엽으로 지겠지만

11월에는 어디선가
따뜻한 커피라도 끓고 있다는 듯 살 일이다

인생의 무게를 재는 법

불행의 무게를 잴 때는
눈물만 올려놓을 것
저울이 망가질 수 있으니
절대로 온몸으로 올라서지 말 것

어제보다 늘었다고 한숨 쉬지 말 것
슬픔이나 절망의 섭취량을 조금 줄일 것
아침에 일어나 햇볕을 쬐고 난 직후를 권함

가급적 행복의 무게도 함께 잴 것
24시간 안에 지은 미소를 모두 올려놓을 것
살짝 저울 위에 올라서도 좋음

봄은 어디서 오는가

아직은 살 만한 세상이라고
해마다 꽃들이 다시 핀다

젖은 마음을 햇살에 말리고
웃음꽃 한 송이 얼굴에 싱긋 피우면

사람아
너는 봄의 고향이다

지금

과거란 무엇인가
지금이지

미래란 무엇인가
지금이지

어제란 없고 내일도 없네
오직 지금만 있을 뿐

삶이란 무엇인가
지금이지

그냥 살라 하네

푸른 하늘 흰 구름이
그냥 살라 하네
기쁘면 웃음 짓고
슬프면 눈물 짓고
감당치 못할 큰 의미일랑 두지 말고
그냥 살라 하네

아침 바람 저녁노을이
그냥 살라 하네
사랑이 찾아오면 사랑하고
이별이 찾아오면 이별하고
가장 짧은 순간들을 소중히 여기며
그냥 살라 하네

비바람 눈보라가
그냥 살라 하네
젖으면 젖은 대로
추우면 추운 대로
이 또한 멋진 여행이라 생각하며

그냥 살라 하네

내 가슴 속 뛰는 심장이
그냥 살라 하네
따뜻이 손 마주 잡고
다정히 눈 바라보며
가진 것 없어도 부러움 없을 사람과
그냥 살라 하네

잠자리

만 개의 눈으로
세상을 보았지

날개조차 투명해
한 점 부끄럼 없었고

땅에 내려앉을 때에도
그 날개 접지 않았다

전생에 시인이었던 걸까
오늘도 허공에 시를 쓴다

가볍게 살아라
참말 가볍게 살아라

가을 남자

저기 가을 남자가 간다
긴 코트를 입지도 않고
목깃을 세우지도 않고
커피를 뽑아 들지도 않고
주머니에 손을 넣지도 않고
단풍에 눈길을 주지도 않고
낙엽을 밟지도 않고
저기 가을 남자가 간다
바람에 떨어지지 않으려
세상의 한 켠을 움켜쥔 손등에
푸른 힘줄이 철로처럼 뻗어 있는
저기 한 남자의 가을이 간다

고구마

고구마가 잘 익었는지

젓가락으로 푹, 푹 찔러보는 것

슬픔이나 아픔 따위가

설마 그런 일은 아니겠지요?

하여간 큰 고구마일수록

오래 삶아야 한다는 것쯤은 알고 있습니다마는

국수

희고 동그랗고 부드러워

가난한 입맛에 착 착 달라붙고

붙잡는 사람 하나 없는 아리랑 고개처럼

쏙 쏙 목구멍을 넘어가면

초승달처럼 꺼졌던 배가 보름달처럼 부풀어 올라

주름진 얼굴에도 웃음꽃이 피어나는데

기실은 국수도 못되어 국시로나 불리고

국시도 못되어 국시꼬랭이로나 떨어져 나와

한 숟가락도 안 되는 수제비로 끝나려는지

솥뚜껑 위에서 구워져 아이들 군것질로 끝나려는지

삶이 잔치가 맞기는 맞는지

내 몸은 또 얼마나 희고 동그랗고 부드러운지

잔치국수 한 그릇을 먹으며 희멀건한 생각을 해 보는데

그래도 뜨끈뜨끈한 것이 들어가니 뱃속은 든든하였다

그러면 되았지 싶었다

밥향

꽃향은 손에 퍼지고
술향은 입에 퍼지지만
밥향은 가슴에 퍼지네

꽃향은 눈을 적시고
술향은 입술을 적시지만
밥향은 마음을 적시네

꽃향기에 취해 한 시절
술향기에 취해 한 시절
밥향기에 취해 한 평생

꽃향은 사랑을 부르고
술향은 친구를 부르지만
밥향은 어머니를 부르네

꽃향은 아름다운 동화
술향은 먼 나라의 왕궁
밥향은 고향의 느티나무

꽃이여 너는 얼마나 아름다운가
술이여 너는 얼마나 뜨거운가
밥이여 너는 얼마나 눈물겨운가

다시 태어나거든 밥이나 되자
꽃도 말고 술도 말고
거짓 없는 아이 주린 배를 채워 줄
한 그릇 따뜻한 밥이나 되자

소나무

겹겹이 터지고 갈라진

저 껍질 속에

오래 이 민족을 먹여 살린

누런 소 한 마리가 들어앉아

사시사철 푸른 쟁기질을 멈추지 않는데

누군가라도 알아주기를 바랄 때는

솔방울 툭 툭 발 가에 떨어뜨리는 것이니

그런 날에는 가던 걸음 멈추고 다가가

굽은 등짝 한 번 슬며시 쓰다듬어 줄 일이다

12월의 기도

12월에는
맑은 호숫가에 앉아
물에 비친 얼굴을 바라보듯
지나온 한 해의 얼굴을 잔잔히 바라보게 하소서

12월에는
높은 산에 올라
자그마한 집들을 내려다보듯
세상의 일들을 욕심 없이 바라보게 하소서

12월에는
넓은 바닷가에 서서
수평선 너머로 떠나가는 배를 바라보듯
사랑과 그리움으로 사람들을 바라보게 하소서

12월에는
우주 저 멀리서
지구라는 푸른 별을 바라보듯
내 영혼을 고요히 침묵 속에서 바라보게 하소서

그리고 또 바라보게 하소서

칠흑 같은 어둠 속에서

홀로 타오르는 촛불을 바라보듯

내가 애써 살아온 날들을 뜨겁게 바라보게 하소서

그리하여 불꽃처럼 살아가야 할 수많은 날들을

눈부시게 눈부시게 바라보게 하소서

내가 한 송이 꽃이라면

내가 한 송이 꽃이라면
눈을 즐겁게 만드는 꽃이 아니라
마음을 맑게 만들어 주는 꽃이기를

화려한 꽃잎이 아니라
그윽한 향기를 지닌 꽃이기를
키가 크지는 않더라도
높고 멀리 향기를 뿜는 꽃이기를

가까이 다가와
얼굴을 숙이기 전까지
눈에 띄지 않더라도
마침내 한 사람의 영혼을
일생동안 사로잡는 꽃이기를

언젠가는 시들어 떨어지겠지만

그 후에도 마른 꽃으로

오래도록 향기를 남기는 꽃이기를

이름은 없어도 좋으리

세상에 하나뿐인 향기를 가진

내가 한 송이 꽃이라면

III.
내가 사랑을 비처럼 해야 한다면

내 일생쯤 너에게

사무치다는
말 좋으다

사랑에
사무쳐

그리움에
사무쳐

뼛속 깊이
사무쳐

심장 깊이
사무쳐

내 일생쯤 너에게
사무쳐 살아 보고 싶다

너의 꽃말

진달래는 불타는 사랑
벚꽃은 흩날리는 이별
목련은 순결한 그리움
작은 꽃 한 송이
너는 나의 운명

진달래처럼 사랑하다
벚꽃처럼 이별해도
목련처럼 그리워할
너의 꽃말은
나의 운명

섬이 바다를 사랑하여

섬이
바다 밑에서 불쑥 솟아올랐다거나
바다 아래로 서서히 가라앉았다는
말 믿을 수 없지

한번쯤 사랑에 빠져 본
사람이라면 누구라도 알 수 있어

저 아득한 공중에서
섬이 온몸으로
바다를 향해 뛰어들었다는 것쯤

저기 바다가 섬을 어루만지는 것
좀 봐

당신

붉게 떠오르는
일출 바라보다
그보다 더 붉은 해
당신 눈에서 보았네

사랑이란
비가 오건
눈이 오건
한 사람의 얼굴에
붉은 해 떠오르게 만드는 것

사랑이란
아침이건
저녁이건
한 사람의 가슴에
붉은 해 떠오르게 만드는 것

당신이 꼭 내게 그리하네

아내

어제는 별을 따다
안겨 주고 싶던 사람

오늘은 내 인생에
북극성이 되었네

그 눈 속에 빛나는
별 다 못 헤아리니

내일은 내 가슴속
은하수 되어 흐르리

아침편지

무사히 잘 도착하였소
바람이 차니 옷깃 잘 여미시고
세 끼 식사 꼬박꼬박 잘 챙겨 드시오

선한 사람들 미소 보며
고단했던 마음 달래고
아름다운 풍경 보며
맑은 눈 더 곱게 씻으시오

많이 웃고 많이 소곤거리다
혹시라도 그리운 생각 들거들랑
남쪽 바람소리 귀 기울여 보시오
해랑사 해랑사 애닯게 속삭일 터이니

이제 곧 무탈한 모습으로 다시 돌아와
그 먼 나라의 불꽃같은 이야기 들려주시오
그 먼 나라에서도 가슴 속에만
꼭꼭 담아 두었던 이야기 들려주시오

그대, 바람이 차니 마음 잘 여미시오

그대, 이른 봄처럼 돌아오기만을 기다리겠소

바다의 교향시

해라는 놈, 사랑 좀 할 줄 알더군
붉은 노을 연가 하늘에 적어 놓더니
슬쩍 바다의 품으로 안겨 들잖아

바다라는 놈, 이별 좀 할 줄 알더군
발그레 상기한 얼굴 말갛게 씻겨
훌쩍 해 허공으로 떠나보내잖아

섬이라는 놈, 외로움 좀 즐길 줄 알더군
한번쯤 뭍으로 찾아갈 법도 한데
낮이나 밤이나 제자리 꿈쩍 안 하잖아

사랑에 지치면 바다가 되자
이별에 지치면 섬이 되자
외로움에 지치면 해가 되자

오늘도 떠나가는 뱃꼬리 맴돌며
날아갈까 앉을까 끼룩끼룩 울어대는
갈매기라는 놈, 그리움 좀 즐길 줄 알더군

나의 그리움은 밤보다 깊어

그대를 생각하기엔
하루가 짧고

그대를 사랑하기엔
일생이 짧다

어둠 내려앉기 전
새벽 밝아 오니

그대를 향한 그리움
밤보다 깊다

섬

바다 한가운데
뿌리를 내렸습니다

밀물 썰물
모두 끄떡없지요

그대도
나도
사랑도

그리움이란

그리움이란
7월 연꽃잎에 고이는
빗방울 같은 것

사랑할 땐
비워내도
다시 차오르지만

이별 후엔
차오르면
다시 비워내네

내 가슴속 연꽃잎
오늘도 파르르 빗방울
떨구는데

네가 떠난 후
여름비는
멈추질 않네

당신도 그런가요

비가 오는 날이면
눈이 내리는 날이면
하늘이 흐린 날이면
그대가 너무 그리워요

비도 오지 않고
눈도 내리지 않고
하늘에 구름 한 점 없는
햇살 눈부시게 밝은 날이면
그대가 너무 너무 그리워요

어디선가
나를 그리워할
그대여, 당신도 그런가요

그래도 사랑입니다

당신은 꽃을 좋아하고
나는 낙엽을 좋아합니다

당신은 눈을 좋아하고
나는 비를 좋아합니다

당신은 바다를 좋아하고
나는 산을 좋아합니다

당신은 블루를 좋아하고
나는 레드를 좋아합니다

당신은 순수를 좋아하고
나는 열정을 좋아합니다

그래도
사랑입니다

당신은 나를 좋아하고
나는 당신을 좋아하니까

사랑한다면

산을 좋아한다면
바다의 유혹에 흔들리지 말고

바다를 좋아한다면
산이 가로막아도 뚫고 지나가야 한다

그렇지 않다면 그 마음
여름 매미가 겨울 눈사람을
사랑한다고 노래하는 것과 다르지 않으리

사랑한다면
기억하여라

이루지 못한 사랑이란
지키지 못한 사랑의 다른 이름일 뿐이다

사랑은

이를테면, 두 사람이 커피를 마시며
따뜻한 눈빛으로 마주 앉아
서로의 얼굴을 바라보는 일을
사랑이라 부르는 것이겠지만

어쩌면, 입술을 데일 만큼 뜨겁던
커피가 차갑게 식어 버린 후에도
오래도록 찻잔에 남아 머무는
저 커피의 향을 나는 사랑이라
부르고 싶은 것이다

사랑은 그림자

사랑은
그림자라는 말
믿네

언제나
그대 생각에
잠겨 있는

나의
사랑은
물그림자

호수

천 년은 지났으리
산 그림자 하나
가슴에 품고 살았지만
이제는 누군가의
은밀한 그림자 되고 싶어
새벽마다 호수는
안개 속을 서성인다
밤마다 호수는
산 그림자 흔들어 깨운다
사랑이 해 놓은 일이란
가슴에 호수 하나
만들어 놓았을 뿐이더라

늪

한 때
누군가의 늪에
빠지는 사랑이 있다

영원히
스스로 늪이
되는 사랑이 있다

오, 이런!

사랑의 늪

너에게 조금씩 빠져드는 것이 아니다
네가 나를 가벼이 벗어날 수 있다는 것을
내가 너의 늪이 될 수 없다는 것을
깨달을 때

사랑은 늪이 된다

중독

한 번 빠지면
벗어나기 힘든 것들이 있다

커피
늪
그대 생각

그리고 지금

유난히 그대가
그리운 날이 있다

어제
오늘
내일

6월 장미에게 묻는다

다시 사랑에
빠질 수 있을까

붉은 열망과
푸른 상처를
만지작 만지작거리며
6월 장미에게 묻는다

누군가를 다시
사랑할 수 있겠니

누군가를 다시
그리워할 수 있겠니

누군가의 가시에 콕 찔려
다시 소스라치게 놀랄 수 있겠니

사랑이 다시

4월의 눈처럼
12월의 장미처럼

여름날의 꿈처럼
가을날의 동화처럼

거짓말처럼 거짓말처럼
다시 사랑이 찾아왔어요

가장 뜨겁진 않지만
가장 따뜻한 사랑

가장 빛나진 않지만
가장 은은한 사랑

가장 설레진 않지만
가장 편안한 사랑

가장 멋지진 않지만
가장 괜찮은 사랑

그대와 함께
찾아왔어요

우연으로 시작해
운명으로 변해 가며

마지막이지만
비로소 처음이 되고

비로소 처음이지만
마지막이 될 사랑

내 생의 끝에
그대와 함께 찾아왔어요

장미꽃을 건네는 법

죽을 만큼 사랑하는

사람에게 바치는

장미꽃이라 해도

가시를 모두 떼어내고

꽃만 건네줄 수는 없다는 것쯤

그러므로 사랑하는 사람에게

장미꽃을 건넬 때는

가시에 찔리지 않도록

잘 감싸서 주어야 한다는 것쯤

영원한 사랑을

맹세하며 바치는

장미꽃이라 해도

언젠가는 그 꽃과 향기

시들기 마련이라는 것쯤

그러므로 사랑하는 사람에게

장미꽃을 건넬 때는

그 꽃과 향기 사라지기 전에
흠뻑 사랑에 취해야 한다는 것쯤

불처럼 사랑하는
사람에게 바치는
장미꽃이라 해도
붉은 장미와 흰 장미를
반씩 섞어야 한다는 것쯤

그러므로 그 사랑
뜨거운 열정만이 아니라
순백의 순결로도
함께 불타오르기를
소망해야 한다는 것쯤

사랑하는 사람에게
장미꽃을 건네받을 때는
오직 한 가지, 그 뺨
장미꽃보다 붉어져야 한다는 것쯤

내가 사랑을 비처럼 해야 한다면

내가 사랑을 비처럼 해야 한다면
한여름 폭우 되어 너를 만나리
번쩍 번쩍 손길에 번개 이끌고
우르릉 우르릉 발길에 심장 울리며
그치지 않는 장마 되어 너를 찾으리
밤이고 낮이고 쉬임 없어서
잠깐은 멈췄으면 싶어도 질 때까지

사랑이란
가슴을 적시는 게 아니라
가슴이 잠겨 버리는 것이다

사랑이란 또 한가슴
잠겨 버리게 만들어야 하는 것이다

내가 이별을 비처럼 해야 한다면

내가 이별을 비처럼 해야 한다면

사월 봄비 되어 너를 떠나리

꽃으로 피어나라 꽃으로 피어나라

잎과 줄기, 뿌리마저 모두 흠뻑 적셔 준 후

가랑비거나 이슬비 되어 너를 떠나리

사랑했던 사람들의 이별이란

상처가 아니라 꽃을 남기는 것

너의 상처에 꽃 한 송이 피워 내며

나는 떠나리

내가 이별을 비처럼 해야 한다면

어떤 사랑은 눈사람 같아

기다리는 것이 아니라
떠나지 못하는 것이다

어떤 사랑은 겨울 같고
어떤 사랑은 눈사람 같아

함께 끝나기 전에는
먼저 끝내지 못하니

떠나지 못하는 것이 아니라
기다리는 것이다

겨울비 내리는 날에는

겨울비 내리는 날에는
낯선 이름의 여자를 만나
낯선 이야기 나누고 싶네

내가 먼저 말해야 하리
바람은 허공에 몸을 누이지 않아요
꽃은 허공에 뿌리를 내리지 않아요
새는 허공에 둥지를 짓지 않아요
그렇지만 우리의 사랑은
허공에서부터 시작해야 해요

그녀 이렇게 말해 주면 좋겠네
별은 허공에 별의 무리를 지어요
꽃은 허공에 꽃의 무리를 지어요
새는 허공에 새의 무리를 지어요
그러니 우리의 사랑도
허공에서부터 무리지어야 해요

겨울비 내리는 저녁에는

낯선 이름의 여자를 만나

낯선 허공에 사랑무리 가득

지어 보고 싶네

이별은 꽃잎과 같은 것입니다

사랑이 꽃과 같다면
이별은 꽃잎과 같은 것

꽃처럼 사랑했다면
꽃잎처럼 이별하세요

영원한 사랑이란
이별 후에도 계속되는 사랑이며

진정한 사랑이란
이별 후에도 더욱 불타오르는 사랑입니다

이별이 사랑의 마침표라고 믿는 것
그것은 실연입니다

이별이 영원한 사랑을 위한 쉼표라고 믿는 것
그것이 바로 세상에서 가장 아름다운 사랑입니다

운명 같은 이별

네가 나를 떠나야 한다면
우리, 운명 같은 이별
함께 해 볼까

꽃이 나무를 사랑하여도
그 나무 떠나지 않을 수 없고
나무가 꽃을 사랑하여도
그 꽃 떠나보내지 않을 수 없듯이

강물이 강을 사랑하여도
그 강 떠나지 않을 수 없고
강물을 사랑하여도
그 강물 떠나보내지 않을 수 없듯이

네가 나를 사랑하여도
나를 떠나지 않을 수 없고
내가 너를 사랑하여도
너를 떠나보내지 않을 수 없다면

우리, 운명 같은 이별
함께 해 볼까

사람이 사람을 떠나도
사랑은 사랑을 떠나지 않는
사랑은 사람을 떠나지 않는

우리, 이별 같은 운명
함께 해 볼까

빈 배

너를 생각하는
기슭에
빈 배 하나 있어

어느 햇볕 좋은 날이면
따스한 햇살 가득 싣고
잔잔한 물결 푸른 위를
스르르 스르르
물자취 함께 지워 가며
저 수평선 너머로
아쉬움도 없이
떠나가리라

새겨 다짐하며
오늘도 빗물 가득 싣는
빈 배

백일홍

이별의
꽃이란다

떠나간 사람 그리워
100일 동안 부르는
붉은 연가란다

그대와 헤어지던 날
백일홍 열 송이
건네주었다

천 일 지난 후에도
돌아오지 않는다면

그대 찾아가
백일홍 백 송이
다시 건네리

첫사랑

만 개의
태양

십만 개의
별

백만 송이의
꽃

단 한 번의
운명

단 하룻밤의
꿈

외사랑

너의 심장을
얻고 싶어

떨리는 손으로
움켜쥘수록

내 손에
뜨거운 피 흐르는

양날의
칼

날 세울수록
상처 깊어지겠지만

떨어지는 칼
피하지 않으리

외사랑이
외운명이라면

헛사랑

가시는
꽃을 지키기 위해
존재하는 게 아니야

가시를 지키기 위해
꽃이
존재하는 거라고

그 가시
꽃을 사랑했지만

그 사랑
가시에 찔리고 말았네

그 꽃
시들고 말았네

우리의 진실한 사랑에

이런 일은 있을 수 없겠지요?

그대

나의 가시여

열쇠와 자물쇠

이를테면, 열쇠와 자물쇠 같은 거라오, 그토록 한 여인을 잊지 못하는 까닭에 대해 질문을 건네자 그는 무심한 표정으로 설명을 시작하였소, 열쇠가 한 번 헤어진 자물쇠를 계속 찾아가는 것은 언제든지 자신을 받아 주기 때문이라거나 또는 쉽게 포기할 수 없는 강한 미련이 남아서 그러는 것은 아니라오 그것은 단지 열쇠를 떠나보낸 자물쇠의 마음이 굳게 잠겨 있는 것에 대한 염려일 뿐이요 열쇠가 바라는 것은 오직 자물쇠의 마음을 활짝 열어 주고 싶은 것뿐이라오, 나는 그의 말에 무언가 미심쩍은 구석이 있다고 느껴지기는 하였으나 왠지 그의 목에서 철커덕 철커덕 쇳소리가 들리는 듯 하여 고만 입을 꽉 다물고 말았소 어쩌면 그도 누군가가 열어 주기를 바라는 자물쇠 하나 가슴속에 품고 사는 것은 아닌지 생각해 보았소 어쩌면 나도 누군가의 마음을 잠가 놓고 떠나 온 열쇠는 아닌지 염려해 보았소 이를테면 말이오

짝사랑에 대한 회고

어느 도시에 위치한 술집이었는지 어떤 까닭으로 그녀의 짝사랑에 얽힌 이야기를 듣게 되었는지는 당신도 그리 궁금하지 않을 것입니다 사실 그러한 기억의 편린들이 내 머리 속에서 사라져 버린 것 또한 이미 오래 전의 일입니다만 굳이 몇 가지 단서를 떠올려 보자면 십이월이 이삼일쯤 남은 겨울밤이었다는 것, 창밖에는 싸락눈이 흩날리고 있었고 그녀가 파리한 입술을 열고 한숨을 내쉬며 이야기를 시작한 때는 틀림없이 다섯 번째 술잔을 비우고 난 후의 일이라는 것만큼은 분명하게 말할 수 있습니다, 짝사랑은 완벽한 숨바꼭질이에요 은밀하게 숨겨진 몸을 살짝 드러내거나 무언가 작은 소리라도 내지 않는다면 세상은 내가 존재한다는 사실조차 영원히 알아차리지 못하고 나는 사소한 역사처럼 잊히는 거죠 그러니 나의 선택이란 마치 새로운 과거처럼 오래전부터 예정되어 있었던 거죠 그런데 숨바꼭질이란 늘 그런 법이잖아요 끝까지 몸을 숨기지 못해 발견되고 나면 그때부터는 자신이 술래가 되어 어디론가 꼭꼭 숨어버린 사람을 찾아 헤매야 하죠 시간은 자꾸만 흘러가는데 찾으려는 사람은 어디에 숨었는지 알 수가 없어 그저 발만 동동 구르는 숨바꼭질이 바로 짝사랑이죠 세상에서 가장 슬퍼 보여도 좋을만한 표정과 세상에서 가장 우울하게 들려도 좋을만한 목

소리를 멈추고 그녀는 여섯 번째 술잔을 비웠습니다 그 순간 나는 마음속에 떠오르는 의혹과 당황스러움을 견디지 못해 이렇게 소리쳐 묻고야 말았습니다 그렇다면 지금 당신은 누군가에게 발견되기를 기다리며 부스럭 부스럭 소리를 내고 있는 것입니까 아니면 당신의 눈길로부터 숨으려는 사람을 찾아 여기저기를 떠도는 중입니까 그녀는 내 눈을 뚫어질 듯 바라보더니 일곱 번째 술잔을 비우며 쓸쓸히 말했습니다 해가 지고 어둠이 밀려오면 누구라도 숨바꼭질을 끝내야 하는 법인데 어떤 사람이 술래인지는 무슨 상관이겠어요 12시를 알리는 종이 울리기 전 그녀는 떠났습니다 몇 시쯤에야 눈이 그쳤는지 그녀가 여덟 번째 술잔을 비웠는지에 대해서는 기억에 남아 있지 않지만 어쩌면 그녀가 나를 찾아 헤매던 술래였던 것은 아닌지 어쩌면 내가 그녀의 부스럭 소리에 이끌려 술집으로 찾아든 술래였던 것은 아닌지 나는 의심스러운 생각에 사로잡혀 우두커니 홀로 앉아 있었지요 밤은 깊어 이미 숨바꼭질은 끝났을 텐데도 말입니다

늦사랑

예를 들어 12월 31일 눈 내리는 밤이라 하자 어느 한적한 간이역에서 동쪽 바다로 향하는 환승 열차를 기다릴 적에 문득 한 여인의 맑은 눈빛에 마음을 뺏겼다고 하자, 운명이리라, 떠나야 할 기차에 몸을 싣지 못하였다고 하자 자정을 알리는 종이 울리기도 전에 그 여인 어디론가 사라져 버렸다고 하자 그 밤내 겨울 창밖 말없이 지켜보며 홀로 서 있던 사내 있다고 하자 그렇다면 그것을 늦사랑이라 불러도 좋은 것이다 어떤 사랑은 너무 짧기에 어떤 사랑은 이별 뒤에야 찾아오기에

옛사랑

그러니까,

그때 그 사람,

그 아름답고 찬란했던 시절,

그 뜨겁고 황홀하고 가슴 터질 것 같던,

그 영원히 죽어도 잊지 못할 사랑에 대해 이야기하라면,

다. 잊. 었. 소

유혹의 노래

도도한 여인아
어디 한 번 나와 사랑에 빠져 보련

나의 눈은 마법의 불과 같으니
곁눈질만으로도 네 눈에 불꽃 번져 오르고
나의 손은 하늘의 번개 같으니
그 손가락 네 뺨을 스치면
너의 몸은 끝없는 전율에 떨어야 하리라

나의 입술은 그 어떤 포도주보다 달콤하나니
찰나의 입맞춤이라도 나누게 된다면
너의 입술 영원히 떼지 못하고
나의 품은 양털로 만들어진 침대보다 포근하나니
너의 머리 한 번이라도 기대는 날에는
천 년 동안 깊은 잠에서 깨어나지 못하리라

그렇지만 무엇보다 조심하거라

나의 목소리는 천상의 연주보다 웅장하고 감미로우니

나와 잠시라도 이야기를 나누게 된다면

너는 열병과 환청에 사로잡혀

애타는 불면의 밤을 지새워야 하리라

도도한 여인아

어디 한 번 나와 사랑에 빠져 보련

불처럼 뜨거운

불멸의 사랑을 꿈꾸는 여인아!

Ⅳ.
나는 노래한다

시는 사랑이라네

시를 쓰는 사람은
시인이지만

시를 읽는 사람은
철학자라네

먹고 사는 일
아무리 바쁘다한들

시 한 편 읽지 않는 삶
얼마나 아름다울까

시를 외우지 못하는 건

부끄러운 일 아니나

시를 적어 보낼 사람

단 한 명도 없다면

지금 그에게

필요한 건

돈이 아니라

사랑이라네

시인

시를 쓴다고
시인이겠나

시집을 냈다고
시인이겠나

사랑에 빠지면
시인이라네

잠 못 이루면
시인이라네

시처럼 살아야
시인인 게지

그 영혼 시가 되어야
시인인 게지

시 권하는 사회

아침이면
절대로 '시' 거르지 말거라

점심이면
오늘 '시'는 뭐로 할까요

저녁이면
딱 '시' 한 잔만 하고 가시죠

밤이면
시장한데 '시'나 시킬까

새벽마다 시인의 꿈속에선
'시 권하는 사회'의 여명이 밝아 오나니

여보시오,
우리 언제 만나 '시'나 한 끼 같이 합시다

시인의 기도

가난한 것들과
이름 없는 것들을 위해

시간 앞에 힘없이 무너지는 것들과
무언가를 멀리 두고 떠나온 것들을 위해

꽃보다는
뿌리를 위해

봄날 아침보다는
겨울 저녁을 위해

늘 밀려오는 파도가 아니라
한 번 흘러가면 끝인 강물을 위해

이제 막 울음을 터뜨리기 시작한 사람이 아니라
이제 막 울음을 삼키기 시작한 사람을 위해

사랑이 가장 찬란한 순간이 아니라

사랑이 가장 초라한 순간을 위해

시가 아니라

사랑을 위해

사랑이 아니라

사람을 위해

나는 노래한다

담대한 삶을

고요한 영혼을

뜨거운 심장을

온화한 손길을

묵묵한 발걸음을

속으로 삼키는 울음을

태양에 빛나는 땀방울을

어린아이의 걸음마를

청년의 불끈 쥔 주먹을

노인의 지팡이를

천둥과 단풍을

낙화와 폭설을

그대를

나를

첫키스를

마지막 포옹을

푸른 역사의 이끼를
푸른 생의 꽃잎을
푸른 힘줄을

나는 노래한다
나는 멈추지 않는다